哇！成語原來很有趣

1 動物故事篇

作者／鄭軍　繪者／鍾健、蘆江

如何使用本書？

　　成語是傳統文化的沉澱與精華，也是語文學習很重要的部分，為了使學習和閱讀更有效，本書根據小讀者的閱讀習慣和興趣規劃不同的單元，以期達到「喜歡看、記得住、會使用」的效果。

黔驢技窮

　　以前中國貴州沒有驢子，誰也不知道驢子長什麼樣子。有一天，某人從別的地方買了一隻驢子，因為不知道牠有什麼用處，於是將驢子放到山下，任其自生自滅。這座山上有一隻老虎，是山中的老大，因為從未見過驢子，剛看到時嚇了一跳，牠心想：這隻長臉、尖耳朵、大長腿，叫起來聲音跟打雷似的動物是什麼啊？由於老虎擔心驢子是來吃牠的，便躲得遠遠的，暗中觀察。後來，老虎發現驢子只是一直吃草，就慢慢靠近，並且趁驢子不注意時拍了驢子一下，然後趕緊跳開。不過驢子沒有追來，老虎便又壯著膽子打了驢子一下，這時驢子一腳踢向老虎，但是沒有踢到。老虎膽子越來越大，不斷挑釁驢子，驢子氣得滿地打滾，大叫起來。老虎見這隻驢子只會在地上打滾，便放下心來，撲上去一口把驢子咬死了。

地圖中是什麼？

　　根據成語中的歷史事件所處的朝代繪製當時的地圖，並註明今天對應的地名，讓小讀者了解故事發生的朝代與地點，達到時間與空間的對應。

故事裡有什麼？

　　用詼諧幽默的文字為小讀者講述成語的來源，並且搭配生動活潑的插圖，讓他們一下子就能將成語融會貫通。而且，透過有趣的故事，更能激發小朋友學習成語的興趣。

「爆笑成語」的作用是什麼？

　　「爆笑成語」是以小讀者的日常生活體驗作為場景，讓他們在具有趣味性的對話中再次加深對成語語境的理解，並且在笑聲中學會成語的運用。

成語小學堂是介紹什麼？

　　「成語小學堂」是介紹小讀者感興趣的成語延伸知識，例如歷代名人、成語故事背景、地方見聞，並且搭配插圖，以便更加理解內容。

插圖畫什麼？

　　配合書中內容所繪製的精美插圖，重現了故事中的歷史場景，加深小讀者對故事的理解！

生僻字注音

　　注音隨文排版，讓小讀者閱讀內容時能更加順暢。

前 言

　　在民間傳說及童話中，動物的故事是起源最早的，
世界各地發現的原始人岩畫都是以人與動物為主題。
人類在長期的進化和發展過程中，與動物密切聯繫，
有的部族甚至以動物為圖騰，因此產生了許多和動物
相關的故事，例如先秦古籍《山海經》裡就有很多關
於動物的描寫，而古希臘《伊索寓言》中也有很多動
物的故事。動物的情感其實就是人類情
感的延續，像是牛的勤勞、狗的忠
誠、狐狸的狡猾、狼的殘暴、羊
的善良，這些都是人類情感的表
現。人類藉由動物表達自

己的感受和情緒，這在動物

的故事裡是十分常見的。

中國古代關於動物的故

事可說是不勝枚舉，

本書從這些浩如

煙海的動物故事

中，精選了 22

個和動物相關

的成語故事。這些成語有的是藉由動物之口表達人的

高傲自大，例如「黔驢技窮」；有的表現了人的自以

為是，例如「盲人摸象」；還有的反映出人狡黠、無

知、智慧或懶惰的性格。總之，從這些動物故事中，

能看到人的一切情感和生存之道，如果小讀者能從中

感受並學到一些哲理，就是本書最大的收穫了。

為了讓小朋友能活學活用，書中設計了多個單元，如成語故事、參考地圖、看圖猜成語、成語小字典、成語接龍、爆笑成語、成語小學堂等。另外，每一個成語故事均搭配了精美的插圖，讓大家能穿越時間和空間，體驗成語的魅力。

透過這些精彩的內容，小朋友能充分理解並且學會使用成語！

目 錄

黔（ㄑㄧㄢˊ）驢技窮

　　以前中國貴州沒有驢子，誰也不知道驢子長什麼樣子。有一天，某人從別的地方買了一隻驢子，因為不知道牠有什麼用處，於是將驢子放到山下，任其自生自滅。這座山上有一隻老虎，是山中的老大，因為從未見過驢子，剛看到時嚇了一跳，牠心想：這隻長臉、尖耳朵、大長腿，叫起來聲音跟打雷似的動物是什麼啊？由於老虎擔心驢子是來吃牠的，便躲得遠遠的，暗中觀察。後來，老虎發現驢子只是一直吃草，就慢慢靠近，並且趁驢子不注意時拍了驢子一下，然後趕緊跳開。不過驢子沒有追來，老虎便又壯著膽子打了驢子一下，這時驢子一腳踢向老虎，但是沒有踢到。老虎膽子越來越大，不斷挑釁驢子，驢子氣得滿地打滾，大叫起來。老虎見這隻驢子只會在地上打滾，便放下心來，撲上去一口把驢子咬死了。

❶

❷

黔：今中國貴州省的簡稱。黔驢技窮的故事傳說發生在唐朝時期的黔中道。

❶松柏長青 ❷驢一蹄之

成語小字典

【解　釋】黔：今貴州省一帶；技：技能；窮：盡。老虎了解驢子再無其他技能後，立刻撲上去吃了牠。比喻人拙劣的技能已經用完，再也無計可施了。

【出　處】唐・柳宗元《三戒・黔之驢》

【相似詞】無計可施、機關用盡

【相反詞】大顯神通、神通廣大

成語接龍

黔驢技窮→窮途末路→路見不平→平步青雲→雲程萬里→里談巷議→議長論短→短兵相接→接二連三→三思而行→行雲流水→水落石出→出人頭地

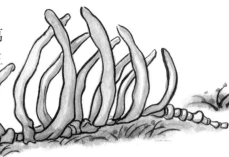

1 2

3 4

成語小學堂

貴州到底有沒有驢子？

　　貴州在中國的西南地區，有許多有趣的傳說和典故。說起貴州，最有名的就是黃果樹大瀑布了，古裝神話劇《西遊記》中的水簾洞，就是在這裡取景的。

　　為什麼貴州簡稱「黔」呢？從字面上看，黔有黑色的意思。春秋時期，楚國在這裡設立郡縣的時候，因為這裡的百姓尚黑，取「黔」為地名，設立「黔中縣」。後來，秦國占領了楚國，在這裡設立黔中郡，之後升級為黔州，從此「黔」就成為貴州的簡稱。

　　而貴州到底有沒有驢子呢？「黔驢技窮」的典故出自唐代文學家柳宗元的《三戒·黔之驢》，柳宗元寫的這篇文章，內容應該是發生在黔中道東部沅江地區的故事。因為柳宗元曾被貶至永州，那裡是江南西道和黔中道的交界地帶。他筆下「黔驢技窮」的「黔」和今天貴州的簡稱「黔」不是同一個意思。當時，柳宗元被貶到唐朝的黔中道，轄境相當於今日的貴州大部、重慶南部、湖北西南部、湖南西部和廣西西北部，並不是現在的貴州。貴州多山地，不適合驢子這種家畜，說「黔無驢」也未嘗不可，但也不是完全沒有。因此，貴州應該是有驢子的，只是數量較北方少而已。

兔死狗烹ㄆㄥ

春秋時期，吳國滅了越國，將越王句踐抓回吳國當僕人，後來句踐忍辱負重，才得以回到越國。在范蠡和文種等人的輔佐下，句踐臥薪嘗膽，勵精圖治，終於使越國強盛起來。之後范蠡將美女西施獻給吳王夫差，使夫差無心治國，文種則設計吳王殺害他的重臣伍子胥。在吳國鬧饑荒的時候，越國趁勢一舉擊敗吳國，句踐成功報了當年被俘虜之仇。

打敗吳國後，因為范蠡和文種的功勞最大，句踐想封他們做大官，但范蠡卻突然失蹤了。不久之後，文種收到范蠡寄來的信，信裡寫道：「飛鳥被打光了，弓箭就會被收起來；兔子都死了，獵狗就會被煮來吃掉；敵國被滅，有功勞的人就會被拋棄殺害。請你趕快離開越王，否則早晚會有殺身之禍。」文種讀完信才知道范蠡沒有死，只是隱居起來。不過，文種認為自己立下了大功，越王絕對不會殺害他，所以沒有聽范蠡的勸告。直到有一天，越王將伍子胥自殺的那把寶劍送來給文種，讓他自盡，文種這才後悔當初沒聽范蠡的話，最終自殺身亡。

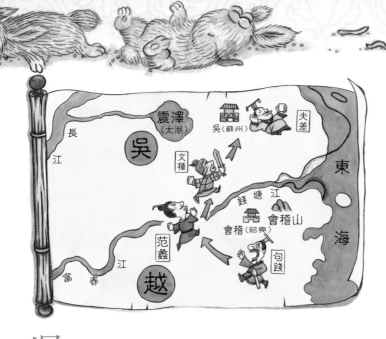

吳：春秋時期吳國的都城，位於今中國江蘇省蘇州市。

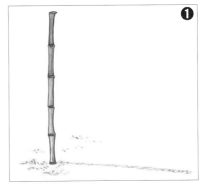

❶

❷

❷打鐵趁熱　❶立竿見影

成語小字典

【解　釋】兔子死光了，用來捕兔的獵狗因為失去作用而被烹煮吃掉。比喻事成之後，有功之人即遭到殺害或拋棄的命運。

【出　處】西漢・司馬遷《史記・越王句踐世家》

【相似詞】鳥盡弓藏、過河拆橋、卸磨殺驢

【相反詞】論功行賞

成語接龍

兔死狗烹→烹龍煮鳳→鳳舞龍飛→飛蛾撲火→火上澆油→油然而生→生生不息→息事寧人→人來人往→往返徒勞→勞苦功高→高山仰止

昨天我幫了范米粒一個大忙，今天還想幫她，可是她不讓我幫，還躲著我。

做好人好難啊！

這叫兔死狗烹。

1 2
3 4

你昨天到底幫了她什麼忙？

我幫她吃了幾個果凍。

……

商人的典範──范蠡

越王句踐「臥薪嘗膽」，滅吳復國的勵志故事流傳至今。

范蠡協助越王句踐復國，最終滅掉吳國。據說，他幫助越王復國後，就和心愛的西施遠走高飛，從此過著幸福的生活。這其實是民間對才子佳人的美好傳說，並沒有根據，但范蠡棄官經商這件事卻是真的。

在古代社會，商人地位非常低，「士農工商」中，商人排在最後面。范蠡棄官經商需要很大的勇氣，然而，他卻用了另一種方式繼續自己的傳奇。他遠離政治之後做起生意，自號「陶朱公」，曾經三次成為首富，又三次散盡家財給知交和同鄉。後來許多生意人供奉范蠡的雕像，稱他為「財神」，而范蠡的理財方法、經商之道及富有後不忘本的作法，都值得現代人學習。

鶴立雞群

西晉晉惠帝有一名侍中叫做嵇紹，是「竹林七賢」之一嵇康的兒子。嵇康是一位美男子，而他的兒子嵇紹更是英俊瀟灑、身材高大，每次走在大街上，都會引起眾人的讚嘆和驚呼。有人曾說：「嵇紹站在人群裡，氣宇軒昂，如同鶴立雞群中。」

嵇紹作為晉惠帝的下屬，一直忠心耿耿，所以晉惠帝非常信任他。有一年，皇族內部因為爭權奪利而發生內亂，眼看叛軍就要打到城下了，於是嵇紹跟隨晉惠帝平定內亂。當時，亂箭像雨點般飛來，士兵們死的死、逃的逃，但是嵇紹卻不曾離開晉惠帝半步，後來嵇紹中箭身亡，他的鮮血染紅了晉惠帝身上的龍袍。內亂結束後，晉惠帝為了紀念嵇紹，不肯洗去龍袍上的血跡。

洛陽：西晉都城，位於今中國河南省洛陽市。

❶黃雀在後　❷快馬加鞭

成語小字典

【解　釋】　鶴站在雞群之中，非常突出。比喻人的儀表才能超群脫凡。

【出　處】　晉・戴逵《竹林七賢論》

【相似詞】　超群絕倫、無出其右、出類拔萃、不同凡響

【相反詞】　平淡無奇、相形見絀、凡夫俗子、吳下阿蒙

成語接龍

鶴立雞群→群龍無首→首尾相連→連中三元→元凶巨惡→惡貫滿盈→盈千累萬→萬水千山→山高水長→長驅直入→入木三分

1 2
3 4

成語小學堂

「何不食肉糜」的晉惠帝

晉惠帝司馬衷是晉武帝司馬炎的兒子，他在當太子時就被質疑不適合當皇帝。三十歲登基當皇帝後，說話經常顛三倒四，讓人哭笑不得，而他最有名的一句話就是「何不食肉糜」。

有一年，西晉發生饑荒，老百姓沒有糧食可以吃，只能靠挖草根、吃樹皮過日子，因此餓死了很多人。很快消息傳到了宮中，晉惠帝聽完以後，問了一句：「百姓沒米吃，為什麼不吃肉粥呢？」大臣們聽完，不知該怎麼回答。這句話流傳開來以後，很多人嘲笑晉惠帝，但是，晉惠帝其實是個善良的人。

發生內亂時，晉惠帝被叛軍追殺，一路上狂奔逃命，身中三箭。部下都各自逃跑，只有嵇紹扶著他。當追兵追上他們，晉惠帝苦苦哀求：「這是忠臣，不要殺他！」在自己生死未卜的情況下，他先想到的是救下曾經幫助過自己的恩人——嵇紹。不過，追兵還是在他面前殺了嵇紹，血濺到晉惠帝身穿的龍袍。後來部下要幫他換衣服，他卻說這件衣服上有嵇紹的血，不要洗掉，他要留著作紀念。由此可以看出，晉惠帝雖然愚昧卻有情義，而晉惠帝的「惠」，有愛民、仁慈的意思。

19

沐猴而冠ㄍㄨㄢ

秦朝末年，各路人馬紛紛起義，出兵反秦。由於沒有共主，大家便約定先攻進秦朝首都咸陽的人就能當王。這些起義的人之中，以劉邦和項羽的勢力最大。

劉邦手下人才眾多，他又善於聽取別人的意見，最終搶先一步進入咸陽。但劉邦知道自己的實力比不上項羽，於是將咸陽城讓給項羽，自己先退出咸陽，計劃之後有了力量再成大事。

當項羽進入咸陽城後，放火燒了秦朝的宮殿，還搶了很多金銀財寶，準備運回家鄉。他手下有個謀士説：「咸陽土地肥沃，地勢險要，如果我們在這裡建都，將來一定會統一天下。」不過，項羽不以為然：「我已經功成名就了，如果不回去讓家鄉的人知道，就像在黑夜裡穿著華麗的衣服，沒有人欣賞。」這位謀士又急又氣，私下對別人説：「大家都説楚國人虛有其表，就像猴子戴上帽子想假扮人類，其實還是一隻猴子啊！」項羽聽説之後非常生氣，就把這個人殺了。

咸陽

阿 房宮：中國秦朝未建成的宮殿，位於今中國陝西省西安市西咸新區，秦朝末年毀於戰火。

❷ 金雞獨立　❶ 雲開見日

成語小字典

【解　釋】沐猴：獼猴；冠：戴帽。指性情急躁的獼猴學人穿戴冠帽。比喻人虛有表象，卻不脫粗鄙的本質。或用以諷刺無真才實學，依附權勢，竊取名位的人。

【出　處】西漢‧司馬遷《史記‧項羽本紀》

【相似詞】虛有其表、衣冠禽獸

【相反詞】秀外惠中

成語接龍

沐猴而冠→冠蓋如雲→雲開見日→日進斗金→金雞獨立→立竿見影→影影綽綽→綽綽有餘→餘音繞梁→梁上君子→子虛烏有→有朝一日

21

成語小學堂

天下第一宮——阿ㄜ房宮

「六王畢，四海一；蜀山兀ㄨˋ，阿房出。」杜牧在二十三歲的時候寫了〈阿房宮賦〉，將阿房宮描寫得氣勢恢弘，宛如天宮。後來項羽放火燒毀阿房宮，大火三月不熄，阿房宮從此消失。隨著近年的考古發掘，傳說中的阿房宮逐漸出現在世人眼前，其巨大的規模、華麗的構造令人讚嘆！而歷史上的阿房宮是什麼樣子？為什麼叫做阿房宮呢？

阿房宮被譽為「天下第一宮」，是中國歷史上第一個統一的國家——秦朝修建的宮殿。1991 年，阿房宮遺址被聯合國確定為世界上最大的宮殿遺跡，屬於世界奇蹟。秦朝修建宮殿的時候，為什麼取「阿房」這個奇怪的名字呢？第一種觀點認為叫「阿房」是因為地址靠近咸陽，「阿」是近的意思，這裡離咸陽非常近，所以叫做阿房宮。第二種觀點認為「阿房」是根據這座宮殿「四阿旁廣」的形狀來命名的。第三種觀點認為它建在高臺之上，用高俊的意思命名。第四種觀點是最具傳奇的說法，據說秦始皇曾經喜歡一位名叫阿房的美麗女子，秦始皇為了紀念她才用這個名字。無論如何，阿房宮都是中華民族的寶貴財產和歷史遺跡。

喪ㄙㄤ家之犬

孔子在魯國當官的時候，遭到反對他的人排擠，於是他帶著學生周遊列國，一邊講學一邊旅遊。有一次，他們來到鄭國，在人來人往的市集裡，孔子和學生們走散了，他只好走到鄭國都城的東門，在一棵大樹下等學生們。

孔子的學生子貢正四處尋找孔子，遇到人就打聽。一個看過孔子的路人跟他說：「剛才我在東門附近看見一個人，他的臉長得像唐堯，脖子有點像皋ㄍㄠ陶ㄧㄠ，肩膀和我們鄭國的宰相子產的肩膀一樣寬，身高比大禹矮了一點，整個人看起來委靡ㄇㄧ不振，好像一條喪家之犬。」

子貢聽完路人的敘述，趕緊跑到東門，果然見到了老師。他把路人的話告訴孔子，孔子大笑：「他稱讚我相貌的話，我真是不敢當，不過他有一句話沒有說錯，我本來就像一條喪家之犬啊！」

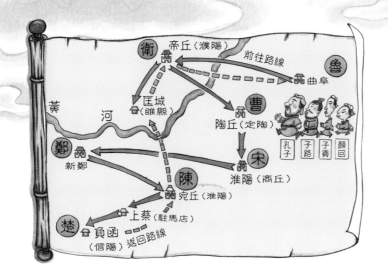

鄭：西周後期建立的諸侯國。西周滅亡之前，鄭國向東遷移，在今中國河南新鄭一帶。上圖為孔子周遊列國路線圖。

看圖猜成語

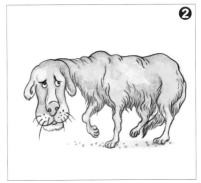

①勞燕分飛 ②喪家之犬

成語小字典

【解　釋】 原指狗因主人有喪事而沒空餵養。後多轉指無家可歸的狗，用來比喻不得志、無所歸宿或驚慌失措的人。

【出　處】 西漢·司馬遷《史記·孔子世家》

【相似詞】 過街老鼠

成語接龍

喪家之犬→犬馬之勞→勞燕分飛→飛龍在天→天下歸心→心安理得→得隴望蜀→蜀犬吠日→日薄西山→山窮水盡→盡善盡美→美中不足

1 2

3 4

成語小學堂

孔子為何周遊列國？

　　孔子，名丘，字仲尼，春秋時期魯國的思想家、政治家、教育家，也是儒家思想的創始人。孔子在魯國的時候，國君魯定公不理會國家大事，孔子曾多次勸導他，魯定公因此很討厭孔子。於是，孔子帶著學生離開魯國，開始周遊列國。

　　孔子在外遊歷十四年，先後到過衛、曹、宋、鄭、陳、蔡、楚等國，遭受各國國君的冷落，歷經許多挫折，始終沒有人重視他的主張。他路過宋國時，差點被當成壞人抓起來。路過鄭國時和學生走散，還被說像一條喪家犬。在陳、蔡一帶，孔子被困，好幾天沒吃飯，後來楚國派兵才把他救出來。

　　孔子在各個國家遊歷了十幾年，年老之後回到魯國，他人生最後的時光主要在整理書籍和教育學生。

畫蛇添足

春秋時期，楚國有一戶人家舉辦祭祀活動，請了很多人幫忙。活動結束後剩下一壺酒，主人想把這壺酒送給大家表達謝意，但是酒只有一壺，人卻有很多，該給誰呢？怎麼分才公平？這時候，有人站起來提議：「大家在地上畫一條蛇，誰畫得最快，這壺酒就給誰喝。」在場的人都覺得這個辦法很好，於是開始在地上畫蛇。有一個人畫得很快，當別人還在思考怎麼畫的時候，他已經畫完了。於是他拿起酒壺，洋洋得意的看著還蹲在地上畫蛇的人，因為覺得這些人畫得太慢，自己等得很無聊，就幫原本畫好的蛇又畫了幾隻腳。這時另一個人也畫完了，他一把奪走酒壺，邊說道：「蛇根本就沒有腳，你這是多此一舉，我才是第一個畫完的人。」然後一口氣把酒喝光了。而那位畫蛇添足的人只能呆呆的站在原地。

楚：戰國時期的諸侯國，位於中國長江流域，版圖最大時到達東海、南海。

② 殃及池魚，城門失火。

① 畫龍點睛

成語小字典

【解　釋】　畫好蛇後，多事為牠添上蛇足，結果反而失去本已贏得的酒。比喻多此一舉，反將事情弄糟。

【出　處】　《戰國策·齊策二》

【相似詞】　多此一舉、弄巧成拙、疊床架屋

【相反詞】　畫龍點睛、恰如其分

成語接龍

畫蛇添足→足智多謀→謀財害命→命中注定→定於一尊→尊賢使能→能說會道→道不同，不相為謀→謀事在人，成事在天

1 2
3 4

蛇真的沒有腳嗎？

　　我們都知道畫蛇添足的故事，故事中那位幫蛇畫腳的人受到很多人的嘲笑。然而，要是現在的生物學家聽到這個故事，不一定會覺得好笑——因為蛇確實有過腳。

　　科學家們曾經在白堊紀晚期地層中發現蛇的祖先——真足蛇的化石，在化石的頭尾可以明顯看到牠們的腳，這證明蛇在以前是有腳的。科學家們仔細分析了真足蛇化石，發現現存蛇類的共同祖先已經失去了前肢，但是仍有小小的後肢，以及完整的踝部和腳趾。即使是現在的蛇也是有腳的，只不過很小而已。因此，我們不應該再嘲笑那位畫蛇添足的人。

鷸山蚌ㄅㄤ相爭

戰國的時候，趙國的國君趙惠文王準備進攻燕國，於是燕國請蘇代去遊説趙王，讓他放棄這個想法。蘇代是赫赫有名的辯論家蘇秦的弟弟，也很擅長辯論。蘇代來到趙國的首都邯鄲，見到了趙王，趙王知道蘇代的意圖，卻故意問：「先生來我趙國做什麼？」蘇代回答：「我只是來講故事給大王聽。」然後接著説：「我從燕國來的時候，看見河邊趴著一隻蚌，正要張開殼晒太陽。這時一隻鷸飛過來，張開嘴要伸進蚌殼裡啄肉，蚌趕緊把殼閉緊，鷸的嘴被夾得緊緊的。鷸掙脱不開，生氣的對蚌説：『你要是不鬆嘴，兩天沒下雨就會渴死你！』蚌説：『你的嘴不出來，過了兩天也會餓死你！』牠們正在鬥嘴時，河邊來了一位漁翁，他一手抓住鷸和蚌，把牠們都捉走了。」蘇代講完這個故事，對趙王説：「現在趙國和燕國就是鷸和蚌，如果兩國僵持不下，國力都會變弱，到時候強大的秦國就會像那位漁翁從中得利啊！希望大王認真考慮一下。」趙王覺得蘇代説的話很有道理，便打消了進攻燕國的念頭。

❶守株待兔 ❷今日有兔

秦、趙、燕三國之間呈現出鷸蚌相爭，漁人得利的形勢。

成語小字典

【解　釋】　鷸：一種水鳥；蚌：蛤蜊；爭：爭持，對抗。比喻雙方爭執不相讓，必會造成兩敗俱傷，讓第三者獲得利益。

【出　處】　《戰國策·燕策二》

【相似詞】　螳螂捕蟬、坐山觀虎鬥

【相反詞】　同舟共濟

成語接龍

鷸蚌相爭→爭先恐後→後繼有人→人山人海→海枯石爛→爛醉如泥→泥沙俱下→下不為例→例行公事→事不關己→己所不欲，勿施於人

爆笑成語

1 2

3 4

春秋戰國時期的「外交官」──縱橫家

我們常會在新聞報導中看到各國外交官們的風采,其實早在兩千多年前的春秋戰國時期,就出現了大批的「外交官」,被稱為「縱橫家」。他們以三寸不爛之舌,合縱連橫,以雄辯平息或發動戰爭。

縱橫家是「謀聖」鬼谷子創立的學術流派,在戰國時期以從事政治外交活動為主,他們是一群獨特的謀士,可說是中華五千年歷史中最早也最特殊的外交政治家。

縱橫家多智謀與辯才,擅長掌握天下局勢。他們的出現主要是因為當時列國割據紛爭,需要在國力富足的基礎上,利用聯合、排斥、威逼、利誘等方式來達到不戰而勝的目的,或以較少的損失獲得最大的收益。縱橫家朝秦暮楚,事無定主,反覆無常,他們提出的計劃多基於政治上的要求。合縱派的主要代表是公孫衍和蘇秦,連橫派的主要代表是張儀。

對牛彈琴

戰國時期，魯國有一位著名的音樂家叫公明儀，他的七弦琴彈得非常好，曲調優美動聽，很多人都喜歡聽他彈琴。公明儀喜歡在野外演奏，除了可以陶冶性情，還可以聆聽大自然的聲音。一個春日的午後，公明儀帶著琴來到草地上，春風吹動楊柳，一頭黃牛正在低頭吃草，眼前的田園景色令公明儀心曠神怡，於是他對著黃牛彈起了優雅的樂曲。但是，黃牛好像沒有聽見，繼續在那裡吃草，公明儀見狀，便換了一首樂曲，黃牛卻依然毫無反應。最後，公明儀使出看家本領，彈了一首最拿手的曲子，而黃牛只是搖了搖尾巴趕走身上的牛虻，然後慢慢的走開了。公明儀非常失望，聽說這件事的人對他說：「你別生氣了，不是你彈奏的琴聲不好聽，而是牛根本聽不懂啊！」

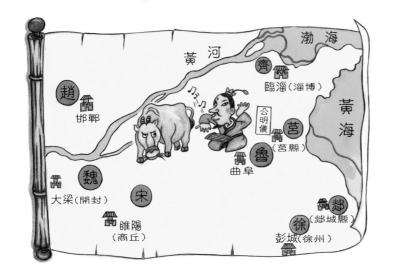

魯：春秋諸侯國之一，位於今中國山東省濟寧市境內。

看圖猜成語

答案：❶對牛彈琴　❷琴棋書畫

成語小字典

【解　釋】　比喻講話、做事不看對象。或比喻對不懂道理的人講道理。

【出　處】　東漢・牟融《理惑論》

【相似詞】　雞同鴨講、白費脣舌

【相反詞】　有的放矢

成語接龍

對牛彈琴→琴棋書畫→畫餅充饑→饑不擇食→食古不化→化為烏有→有心無力→力不從心→心領神會→會少離多→多事之秋→秋毫無犯→犯上作亂

毛皮皮，今天上課的內容你聽懂了嗎？

報告老師，沒聽懂！

那我不是在對牛彈琴嗎？

老師說得不對。牛多悠閒啊！天天就是吃，我很想當一頭牛呢！

成語小學堂

春秋戰國時期著名的音樂家

　　伯牙是春秋時期著名的琴師，他彈奏七弦琴的技藝十分高超，而且他除了是彈琴高手，還是一位作曲家，被人稱為「琴仙」。《荀子‧勸學篇》中曾講「伯牙鼓琴而六馬仰秣」，可見他彈琴技術之高超。《呂氏春秋‧本味》記載伯牙鼓琴遇到鍾子期，鍾子期領會琴曲在彈奏高山、流水的故事。

　　師曠是春秋時期晉國的樂師，擅長彈古琴，具有非凡的演奏技巧。《韓非子‧十過》中記載：晉平公宴請衛靈公時，師涓演奏〈新聲〉，師曠指出這是師延為殷紂王所作的靡靡之音，又稱〈清商〉。他具有靈敏的聽覺，精於調律，有極強的辨音能力。連周瑜提到師曠時都說：「吾雖不及師曠之聰，聞弦歌而知雅意。」

　　高漸離是戰國末期燕國人，荊軻的好友，擅長擊筑。荊軻暗殺秦王前，高漸離與太子丹在易水河畔為他送行，高漸離擊筑，荊軻隨著樂曲高歌「風蕭蕭兮易水寒，壯士一去兮不復還」。

雞犬升天

西漢時,有個著名的文學家叫做劉安,他是一位皇室貴族,繼承了父親的封號成為淮南王。劉安很愛看書,但不喜歡看四書五經一類的書籍,只喜歡看一些得道成仙和煉丹藥的書。他一心想煉丹成仙、長生不老,所以到處尋找會道術的仙人和煉丹祕方。

劉安聽說山裡有位仙翁叫做八公,手裡有煉丹祕笈,於是千里迢迢去拜訪他。八公一開始不想把祕笈交給別人,劉安就誠心誠意不斷拜訪,最後八公被劉安的誠意打動,把祕笈交給劉安,並且告訴劉安吃了仙丹就可以成仙。劉安回去後,照著祕笈煉起丹藥,過了幾天,果然煉出十顆金燦燦的仙丹。劉安迫不及待吃了五顆,然後覺得自己輕飄飄的飛了起來,而且一下子就飛到雲朵裡了。剩下的五顆丹藥不小心掉到地上,被劉安養的狗和幾隻雞吃掉,這些雞狗也都飛上天,隨著他們的主人一起成仙了。

❷ 天女散花 　**❶** 揠苗助長

雞犬升天的故事發生在淮南，淮南位於今中國安徽省淮南市壽縣。

成語小字典

【解　釋】　淮南王劉安得道升天，雞犬吃了剩下的仙藥，也隨之升天。後比喻一個人發達得勢，左右有關係的人也跟著發跡。

【出　處】　晉・葛洪《神仙傳》

【相反詞】　樹倒猢猻散

成語接龍

雞犬升天→天女散花→花甲之年→年事已高→高山流水→水到渠成→成人之美→美中不足→足智多謀→謀財害命→命中注定→定國安邦

成語小學堂

豆腐的發明

　　許多人都喜歡吃豆腐，能把堅硬的黃豆變成軟軟的食物，簡直是神奇的操作。那麼，你知道豆腐是誰發明的嗎？根據明朝李時珍在《本草綱目》中的記載：「豆腐之法，始於前漢淮南王劉安。」也就是成語「雞犬升天」的主角——劉安。

　　劉安是漢朝皇族，年紀輕輕就繼承了淮南王的爵位，不愁吃穿的劉安有很多時間研究一些稀奇古怪的東西。他召集了一大群書生編寫一本書叫《淮南子》，裡面有很多神話故事，可以稱之為「中國的《天方夜譚》」。而且劉安沉迷煉丹術，經常和一些修道之人鑽研煉丹技術，希望能長生不老。

　　傳說有一天，劉安和一些道士在煉丹的時候，不小心把豆漿灑到用來煉丹的石膏上，結果豆漿竟然凝結成塊，讓劉安嘖嘖稱奇。雖然最後沒有煉成丹藥，但是這種塊狀的東西很好吃，後來不斷試驗，豆腐就誕生了。另外，中國古代四大發明之一的火藥也是在煉丹過程中發明的。

狡兔三窟 ㄎㄨ

　　戰國時期，齊國的孟嘗君養了很多門客，他們經常討論一些國家大事。有一天，一個叫馮諼的人前來投奔，孟嘗君看他穿得很破爛，而且灰頭土臉的，就問他有什麼本事，馮諼說：「沒有什麼本事。」孟嘗君沒在意他的回答，還是將他收為門客。後來，孟嘗君在薛地有一些租金和債務需要收回來，因為其他門客都很忙，只有馮諼閒著沒事，於是派馮諼去收租。馮諼到了薛地以後，把欠債的人都叫來，然後當著所有人的面把借據燒掉，那些欠債的人以為孟嘗君不跟他們算帳了，都非常感激。孟嘗君聽說馮諼把借據都燒光後，非常生氣，認為馮諼是個無能的人。

　　過了不久，孟嘗君被齊王罷官，只好到薛地定居，卻受到當地人的熱烈歡迎，孟嘗君這才了解馮諼的用意。馮諼說：「聰明的兔子都有三個窩，您現在只有一個，我再幫您找兩個。」於是他去見魏惠王，說：「如果您讓孟嘗君來輔佐您，魏國一定國富民強。」魏惠王聽完，就邀請孟嘗君來魏國當官。齊王知道後很著急，後悔當初罷免孟嘗君，於是邀請孟嘗君回去。接著，馮諼建議孟嘗君和齊王提出「把齊國的祭器放到薛地並建立祠堂」才能回去，齊王答應了。馮諼對孟嘗君說：「現在三個安身之地都幫您找好了，您以後可以高枕無憂了。」

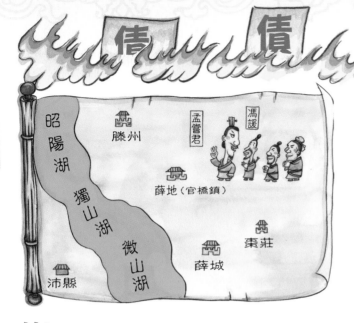

❶

❷

看圖猜成語

薛地：戰國時期孟嘗君的封地，位於今中國山東省棗莊市滕州市官橋鎮。

❶ 滿面紅光　❷ 狡兔三窟

成語小字典

【解　釋】 狡猾的兔子有三處藏身的洞穴。比喻有多處藏身的地方或多種避禍的準備。

【出　處】 《戰國策·齊策四》

【相反詞】 甕中之鱉、坐以待斃、走投無路

成語接龍

狡兔三窟→窟裡拔蛇→蛇蠍心腸→腸肥腦滿→滿面紅光→光彩照人→人命關天→天下太平→平安無事→事無巨細→細皮嫩肉→肉眼凡胎

1 2

3 4

成語小學堂

戰國四公子

　　戰國時期，各諸侯國貴族為了維護自己的地位，努力網羅人才，他們禮賢下士，廣招賓客，以擴大自己的勢力，因此養「士」之風盛行。當時，以養「士」著稱的有魏國的信陵君、齊國的孟嘗君、趙國的平原君和楚國的春申君，被稱為「戰國四公子」。

　　孟嘗君名叫田文，父親是齊宣王同父異母的弟弟。齊威王的時候擔任軍隊要職，齊宣王時是宰相，封於薛地。其父死後，田文繼位於薛，是為孟嘗君。

　　春申君名叫黃歇，是戰國四公子中唯一不是王族的人（有一說法是他的母親是楚國公主）。春申君明智忠信、寬厚愛人，而且以禮賢下士、招致賓客、輔佐治國而聞名。

　　平原君名叫趙勝，是趙武靈王之子、趙惠文王之弟。因他最早的封地在平原（今中國山東省平原縣），故稱為平原君。他禮賢下士，門客多達數千人。

　　信陵君名叫魏無忌，是戰國四公子之首，魏昭王之子。信陵君禮賢下士，養士數千人，勢力龐大。他也是戰國四公子中最有軍事才能的人，曾兩度擊敗秦軍，挽救魏國與趙國。

驚弓之鳥

　　戰國時期，魏國有一個神射手叫更羸，因為射箭技術高超，很受魏王喜愛。有一天，更羸陪魏王在花園裡散步，正好天上飛來一隻大雁。更羸對魏王說：「大王，我不用箭，只要拉響弓弦，就能把這隻大雁射下來。」魏王笑著說：「我知道你的射箭本領很高，但也不可能不用箭就把大雁射下來吧？你說的話言過其實了！」更羸不答話，只見他拉滿弓弦，然後「砰」一聲，那隻大雁拍動翅膀掙扎了幾下，就墜落地面。魏王看得目瞪口呆，好一會兒才開口：「世上竟然有如此高超的箭術，我今天真是大飽眼福了。」更羸微笑著說：「其實也沒什麼，這隻大雁身上有傷。」

　　魏王好奇的問：「大雁在天上飛，你怎麼知道牠有傷？」更羸說：「因為這隻大雁飛得很慢，叫聲哀傷，以前一定受過箭傷。我猜牠剛飛離雁群，還在驚嚇之中，因此一聽到弓弦響起的聲音就想拼命逃走，結果翅膀一用力，傷口裂開，就掉下來了。」聽了更羸的話，魏王非常佩服。

❶

❷

驚弓之鳥的故事發生在魏國，大梁是戰國時期魏國國都，位於今中國河南省開封市西北。

❷牡丹花香

❶初生之犢不畏虎

成語小字典

【解　釋】　曾受過箭傷，一聽到弓弦的聲音，就會驚懼的鳥。比喻曾受打擊或驚嚇，心有餘悸，稍有動靜就害怕的人。

【出　處】　《戰國策・楚策四》

【相似詞】　心有餘悸、談虎色變

【相反詞】　初生之犢ㄨ不畏虎、無所畏懼

成語接龍

驚弓之鳥→鳥語花香→香車寶馬→馬到成功→功成名就→就地正法→法不責眾→眾叛親離→離心離德→德高望重→重於泰山→山崩地裂

媽媽，你拿雞毛撣子做什麼？

清除窗臺上的塵土啊！

1 2

3 4

嚇我一跳，我以為你又要處罰我了。這次考試，我考得很好呢！

你都成驚弓之鳥了！

春秋戰國時期的神射手

　　弓箭在古代是重要的遠程武器。中國上古有后羿-射日的神話傳說，後來更流傳許多神射手的故事。在春秋戰國時期，「禮、樂、射、御、書、數」是君子必須掌握的「六藝」，射術位列其中，而且亂世戰事頻繁，自然也出了不少神射手。

　　甘蠅、飛衛、紀昌都是歷史上有名的神射手，飛衛向甘蠅學射，紀昌向飛衛學射。史書記載：甘蠅一拉滿弓，飛禽走獸就倒下了，簡直是箭無虛發。飛衛是春秋戰國時期趙國著名的神射手，被尊稱為「不射之射」。而紀昌向飛衛學箭的故事更是流傳至今。

　　更嬴是魏國的大臣，成語「驚弓之鳥」的故事就出自於他，而且廣為流傳。

　　養由基是楚國的名將，原為楚莊王近衛軍成員，是著名的神射手，百步外射柳樹葉能百發百中，成語「百步穿楊」就是出自這位將軍。

　　相傳楚王養了一隻白猿，非常機靈，其他射手都無法射中，養由基卻能一箭將牠射殺。

笨鳥先飛

北宋時，閬中古城住著一戶姓陳的人家，母親馮氏對三個兒子的學業非常重視，每天嚴格督促。大兒子和二兒子都刻苦用功，只有三兒子自認為聰明，沒有努力讀書。

有一年科舉考試，大兒子一舉考中狀元，轟動了整座小城，眾人都來祝賀。三兒子卻不以為然，認為自己比大哥強。第二年科舉考試，二兒子也考中狀元，祝賀的人擠破了門檻。三兒子認為二哥就像一隻笨鳥，自己則是一隻老鷹，所以笨鳥當然要先飛，相信自己明年肯定是狀元。到了第三年科舉考試，自以為是的三兒子卻沒有考好，考中狀元的是一名姓王的書生。三兒子非常羞愧，後悔當初說了大話，而這位姓王的書生後來娶了馮氏的女兒。

之後，三兒子改掉浮躁的缺點，發憤讀書，也考中了狀元。這件事轟動全國，宰相寇準聽說後，連連稱讚這陳姓人家是一門四狀元。而陳母教子的故事廣為流傳，還被改編為戲曲。

❶ 牛頭馬面　❷ 斬草除根

笨鳥先飛的故事發生在閬中古城，位於今中國四川省南充市。

成語小字典

【解　釋】 比喻能力差的人，做事時唯恐落後，往往比別人先動手。

【出　處】 元·關漢卿《陳母教子》

【相似詞】 勤能補拙、以勤補拙

【相反詞】 甘居人後、自暴自棄

成語接龍

笨鳥先飛→飛沙走石→石沉大海→海底撈月→月黑風高→高風亮節→節衣縮食→食古不化→化整為零→零零散散→散兵游勇→勇往直前

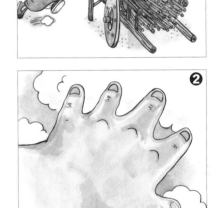

❶ 杯水車薪　　❷ 一手遮天

投鼠忌器的故事發生在長安，長安是西漢都城，位於今中國陝西省西安市。

成語小字典

【解　釋】　想投擊老鼠，卻怕擊中老鼠身旁的器物而不敢下手。比喻想要除害，但因有所顧忌而不敢下手。

【出　處】　東漢‧班固《漢書‧賈誼傳》

【相似詞】　畏首畏尾、瞻前顧後、縮手縮腳、猶豫不決

【相反詞】　無所畏懼、肆無忌憚、百無禁忌、當機立斷

成語接龍

投鼠忌器→器宇不凡→凡夫俗子→子孫後代→代代相傳→傳誦一時→時不我待→待人接物→物華天寶→寶刀不老→老當益壯→壯志凌雲

是我的,快還給我吧!

我昨天撿到一本漫畫書,是誰弄丟的?

你這是投鼠忌器,怎麼會呢?

我想還給你,可是我怕你冒領啊!

1 2

3 4

什麼辦法?

我有一個辦法!

你把下集拿來給我看看,要是對得上就還你。

西漢名士──賈誼

　　西漢名士賈誼是著名的政論家。針對當時社會棄農經商的現象，賈誼寫下了〈論積貯疏〉，主張發展農業生產。當時匈奴經常侵犯西漢邊境，西漢因為立國不久，很多制度還不健全，賈誼為此寫了〈治安策〉，表達自己的治國主張。而他的〈過秦論〉，總結了強大的秦朝迅速滅亡的慘痛教訓，為西漢統治者建立制度和法規提供重要的借鏡。

　　賈誼還是著名的文學家，因被貶謫，經過屈原以前去過的地方時，悲從中來，於是寫下流傳千古的〈弔屈原賦〉。在他被貶期間，透過〈鵬鳥賦〉表達自己不平的情緒。他的文章雄渾大氣，氣勢非凡，讓人留下深刻的印象。

　　除此之外，賈誼是著名的思想家，在總結秦國滅亡教訓的基礎上，提出用儒家思想來治國的方針，打破漢初以道家和黃老思想治國的習慣。

騎虎難下

東晉的時候，發生蘇峻反叛的事件，叛軍打到了石頭城建康，大臣溫嶠奉命帶領軍隊抵抗叛軍。一開始，朝廷的幾支軍隊接連戰敗，軍中的糧草也快沒了，使得軍隊士氣低落。主帥陶侃氣急敗壞，立刻找到溫嶠，怒氣沖沖的說：「當初我率領軍隊過來平定叛亂，你說一切準備就緒，但現在才剛開始，糧草就已經沒了！你再不想辦法，我只好撤退了。」溫嶠對陶侃說：「自古以來，打仗都講求內部團結，因為堡壘最容易從內部打破，如果我們自己先撤退，不但被敵人嘲笑，還會助長叛軍的氣勢。我們現在就像騎在一隻老虎的背上，不把老虎打死，怎麼能下來呢？我們一定要堅持下去啊！」陶侃認為溫嶠說得有道理，於是奮勇殺敵，最終打敗了叛軍。

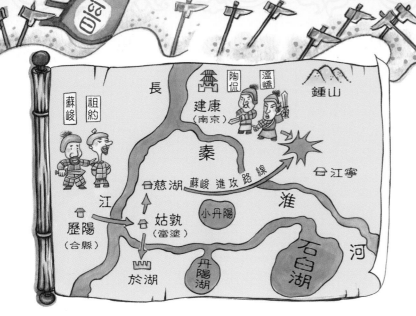

❶上樓抽梯
❷發號施令

建康：東晉時南京的名稱，位於今中國江蘇省。

成語小字典

【解　釋】　騎著老虎，害怕被咬而不敢下來。比喻事情迫於情勢，無法中止，只好繼續做下去。

【出　處】　南朝宋·何法盛《晉中興書》

【相似詞】　進退兩難、進退維谷

【相反詞】　游刃有餘、左右逢源

成語接龍

騎虎難下→下筆千言→言下之意→意氣風發→發號施令→令行禁止→止渴望梅→梅開二度→度日如年→年輕氣盛→盛氣凌人→人來人往

1 2
3 4

成語小學堂

南京

　　南京市是江蘇省的省會，歷史上，東吳、東晉和南朝的宋、齊、梁、陳六代於此立都，後又經南唐、明朝、太平天國、中華民國建都，因此被稱為「六朝古都」、「十朝都會」。

　　春秋時期，吳國在此建城，因為城池堅固，被稱為「固城」。楚國掌管南京地界的時候，南京得名「金陵」。

　　秦始皇統一六國之後，將金陵改為「秣陵」。

　　東漢末年，孫權改秣陵為「建業」，並在稱帝後遷都建業，這是南京建都的開始。

　　東吳滅亡後，西晉把建業改成「建鄴」。西晉建興元年（223 年），因為晉湣帝名叫司馬鄴，為了避諱，又把建鄴改為「建康」。

　　1368 年，朱元璋在此建立明朝，稱應天府。但沒過多久，朱棣稱帝，將都城遷到了北京，就將此地改為「南京」，作為留都，此為南京地名之始。

　　清朝建立後，又改為「江寧府」。

　　太平天國攻陷此地後，改名為「天京」，作為都城。

　　1912 年 1 月 1 日，中華民國臨時政府在南京成立。

三人成虎

戰國時期，魏國有一個大臣叫龐恭，奉命陪太子到趙國去做人質。龐恭怕他走了以後朝廷裡有人說他壞話，就在臨走前對魏王說：「大王啊！如果有一個人說市集上有一隻老虎，您相信嗎？」魏王說：「這一定是謠言。」龐恭又說：「如果有兩個人說市集上有一隻老虎，您信嗎？」魏王說：「我半信半疑。」龐恭又說：「如果有三個人說市集上有一隻老虎，您信嗎？」魏王說：「那我肯定相信了。」龐恭說：「很明顯，市集上根本不會有老虎，但是經過很多人的謠傳，假的也會成真。現在趙國國都邯鄲離魏國可比市集遠多了，要是有人說我壞話，大王千萬不可以相信啊！」魏王說：「這個道理我還是明白的，你就放心去吧！」

龐恭走後不久，朝廷裡果然開始有人說龐恭的壞話。一開始魏王根本不信，但是天天有人在耳邊嘀咕，日子久了，魏王就相信了。

當龐恭回到魏國以後，魏王就開始疏遠他。

❶

❷

❶虎口拔牙　❷歲寒三友

邯

邯鄲：戰國時期趙國都城，位於今中國河北省邯鄲市。

成語小字典

【解　釋】　連續三人說街上出現老虎，就使人相信街上真有老虎。比喻謠言再三重複，亦能使人信以為真。

【出　處】　《戰國策‧魏策二》

【相似詞】　以訛傳訛、眾口鑠金

【相反詞】　眼見為實

成語接龍

三人成虎→虎口拔牙→牙牙學語→語重心長→長命百歲→歲寒三友→友風子雨→雨過天晴→晴空萬里→里仁為美→美夢成真→真相大白

1 2

3 4

成語小學堂

春秋戰國時期的質子制度

　　我們在看春秋戰國的故事時，經常看到某某太子到某國做人質，或者某某公子從某國歸來的情節。那麼，春秋戰國時期為什麼有質子制度呢？

　　質子制度又叫質子外交，是皇帝或軍閥把自己的子女、妻子送到別的國家，而且主要是敵對國家，形成一種外交妥協的關係。弱勢一方的君主用自己最親近的人作為人質，質押給敵人或別的國家，換取敵國的信任或其他國家的資源。

　　質子外交在中國古代是重要的外交策略之一，起源於春秋時期，通常是小國表示對大國的臣服。送交人質在春秋戰國時期十分常見，例如秦始皇的父親子楚也曾在趙國當過人質，並且在那裡認識了呂不韋的姬妾，因此生下秦始皇。而在秦始皇統一中國後，質子制度就逐漸消失了。

馬放南山

商朝末年，周武王出兵攻打殘暴的商紂王，武王在姜子牙的輔佐下深得民心，各地貧苦百姓紛紛加入討伐的隊伍。武王一路上勇猛推進，沿途擊敗紂王派出的大軍，最後雙方在牧野展開決戰。這時，紂王的軍隊早就被打散了，只能臨時拼湊一支由奴隸、罪犯和戰俘組成的隊伍抵抗武王。才剛交戰，紂王隊伍中的多數人就臨陣反叛，加入武王的隊伍，其他人則四散逃跑。武王的士兵乘勝追擊，很快就獲得勝利。紂王見大勢已去，便穿上華麗的衣服，身上掛滿珠寶，登上鹿臺自焚而死。之後，武王下令打開庫房，把財寶分給窮苦的百姓，並且打開糧倉救濟貧民，還減免了各種雜稅。在周武王的治理下，百姓安居樂業，天下太平，因為兵器不再使用，都放進了庫房，戰馬也都放到南山下吃草、晒太陽。

❷螳螂捕蟬・黃雀在後
❶嫦娥奔月

朝歌：商朝都城，位於今中國河南省鶴壁市淇縣。

成語小字典

【解　釋】　南山，華山之南。馬放南山指將馬放牧於華山之南，使其自生自滅，不再乘用。比喻不再征戰用兵。

【出　處】　《尚書·武成》

【相似詞】　按甲休兵、刀槍入庫、歸馬放牛

【相反詞】　窮兵黷武、秣馬厲兵

成語接龍

馬放南山→山高水長→長驅直入→入不敷出→出生入死→死灰復燃→燃眉之急→急如星火→火上加油→油腔滑調→調虎離山→山窮水盡

同學們,這次期末考試非常重要,千萬不可馬放南山,掉以輕心。誰考得不好,我就罰誰!

老師,放心吧!我已經做好充分的準備,迎接這次考試。

你是怎麼準備的?

我做好了受罰的準備。

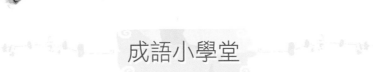

成語小學堂

「馬放南山」的「南山」在哪裡？

　　「刀槍入庫，馬放南山」和「福如東海，壽比南山」是大家非常熟悉的兩句俗語。第一句俗語的意思是天下已經太平，再也用不到刀槍和戰馬，而第二句俗語常用來祝壽。那麼，這裡的「南山」到底是哪座山呢？

　　據《尚書‧武成》記載：「王來自商，至於豐，乃偃武修文，歸馬於華山之陽，放牛於桃林之野，示天下弗服。」這裡的「王」指的是周朝的國君周武王，「豐」是指周朝都城豐鎬，在中國陝西省西安市長安區。「華山之陽」，山南水北為陽，即指華山之南。而「福如東海，壽比南山」的南山是指終南山。若從大範圍來看，終南山和華山同屬於秦嶺。秦嶺的稱謂是秦朝才有的，之前叫終南山或南山。《詩經》中有不少詩篇提到終南山，在《山海經》中則將終南山簡稱為南山。所以，「馬放南山」的「南山」在當時是指秦嶺。

盲人摸象

古印度有四個盲人住在一起，平時靠幫人按摩過日子。沒生意的時候，他們就坐在一起吹牛，都誇自己是最聰明的人。

有一天，四個人聽到巨大的腳步聲傳來，便問周圍的人發生了什麼事，有人告訴他們來了一頭大象。其中一個盲人說：「我們從沒見過大象，大家都去摸一摸，誰能說出大象的長相，誰就是最聰明的人。」其他盲人表示同意，於是站到大象面前摸了起來。摸到大象腿的盲人說：「大象就像一根巨大的柱子。」摸到大象身體的盲人說：「你說錯了，大象明明像一堵城牆。」摸到大象尾巴的盲人說：「你們說得都不對，大象像一條水管。」最後，摸到大象牙齒的盲人說：「你們都錯了，大象像一根長棍。」周圍的人看到他們爭論不休的樣子，忍不住哈哈大笑。

看圖猒成語

❶
❷

盲人摸象的故事發生在天竺※，即古印度，是古代中國及其他東南亞國家對當今印度及印度鄰近國家的統稱。

❶文房四寶 ❷盲人摸象

成語小字典

【解　釋】盲者以各自所摸大象身體的不同部位來形容象。比喻以偏概全，不能了解真相。

【出　處】《大般涅槃經》

【相似詞】管中窺豹

【相反詞】見多識廣

成語接龍

盲人摸象→象齒焚身→身無分文→文房四寶→寶刀未老→老當益壯→壯志凌雲→雲泥之別→別具匠心→心安理得→得意忘形→形影不離

1 2

3 4

成語小學堂

唐僧西天取經的終點——天竺

　　《西遊記》描寫了唐僧師徒到西天取經的經歷，這個「西天」指的是天竺，也就是古印度。歷史上，中國對印度的稱呼改過幾次：《史記·大宛列傳》稱其為「身毒」，《後漢書·西域列傳》稱其為「天竺」，玄奘的《大唐西域記》始稱「印度」。

　　古印度是佛教的發源地，佛教是由古印度迦毗羅衛城釋迦族王子喬達摩·悉達多於西元前6世紀所創立。西漢末年，佛教傳入中國，不斷發展壯大。為了求得真經，唐貞觀三年（629年），玄奘離開長安，踏上了漫長的旅途。他歷盡艱險，九死一生，終於到達當時印度佛教的中心那爛陀寺。玄奘在那裡學習當地的語言，認識當地的宗教，深入了解風土人情，在佛法辯論會上，他辯駁群雄，獲得了第一名。後來，他帶回了大批經書，讓更多人了解佛教，為佛教在中國傳播做出很大的貢獻。他還將《老子》等書翻譯成梵文，傳入古印度，促進了文化交流。玄奘的名字從此載入史冊，被世人所銘記。

杯弓蛇影

漢朝時，有一年夏天，汲縣的縣長應郴請他的主簿杜宣在家中喝酒。當時客廳的牆壁上掛了一副大弓，杜宣舉杯正要喝的時候，弓的影子正好倒映在酒杯中，隨著陽光晃動，弓的影子也在動，杜宣以為是一條蛇，雖然心裡很害怕，但還是硬著頭皮喝下杯子裡的酒。

回到家後，杜宣懷疑自己喝下了蛇，只覺得肚子痛、噁心想吐，之後便飯也吃不下、覺也睡不好，於是請病假在家休養。應郴聽說後就來探望杜宣，問他為什麼會生病。杜宣把那天酒杯裡有蛇的事情告訴應郴，應郴安慰他幾句就回家了。應郴回到家後，心想：酒杯裡怎麼會有蛇？當他看見牆壁上掛的弓時就立刻明白了。應郴馬上把杜宣請來，讓他坐在那天的位子上，觀察酒杯中的影子，然後告訴他，那只不過是弓的影子，根本不是蛇。杜宣聽完心情舒暢，病很快就好了。

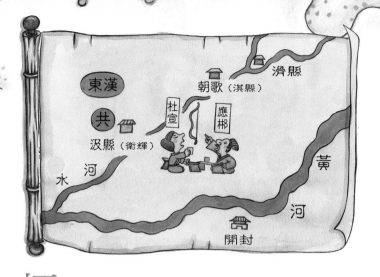

看圖猜成語

❶狐假虎威　❷雞飛狗跳

杯弓蛇影的故事發生在河南汲縣，汲縣位於今中國河南省新鄉市衛輝市。

成語小字典

【解　釋】　將酒杯裡的弓影，誤以為是蛇，以致喝下後心生疑懼。後比喻為不存在的事情枉自驚擾。

【出　處】　東漢‧應劭《風俗通義‧怪神》

【相似詞】　疑神疑鬼、草木皆兵、風聲鶴唳

【相反詞】　安之若素

成語接龍

杯弓蛇影→影影綽綽→綽綽有餘→餘味無窮→窮山惡水→水深火熱→熱火朝天→天下無敵→敵眾我寡→寡不敵眾→眾志成城→城下之盟

爆笑成語

芽美老師最討厭有人考試作弊。

對啊！上次我只是偷看一眼英才的考卷，就被罵了。

考卷發下來，毛皮皮和大壯都是0分，兩人滿臉無奈。

我們兩個都是0分，老師會不會認為我們作弊？

唉！你這是杯弓蛇影啊！

1 2

3 4

成語小學堂

人類為什麼怕蛇？

　　有一句俗語叫「一朝被蛇咬，十年怕草繩。」可見人類對蛇的畏懼。但是，人們也尊敬這種動物，例如蛇被排在十二生肖裡、中國上古神話裡女媧﹙是人面蛇身、伊甸﹙園裡的蛇是誘惑的象徵。蛇的體形並不大，除了蟒蛇，其他蛇類和人類的身體相比起來非常小。那麼，人類為什麼害怕這種小小的動物呢？

　　其實，人類對蛇的害怕早就深深刻在我們的基因裡。研究顯示，像猩猩、猴子這種靈長類動物，天生就懼怕蛇。比起其他動物，人類大腦在演化過程中變得更能注意到蛇的存在，因為蛇是人類最早的掠食者之一，每天都帶來威脅。早在人類還在茹毛飲血的時候，蛇就是人的天敵，人類對於蛇的懼怕透過基因一代一代傳承。研究人員表示，即便現在蛇對大多數人來說不再危險，不過這種對蛇的高度戒備卻深深印入人類腦中，所以才有了「杯弓蛇影」這樣的故事。

亡羊補牢

戰國時期，秦國進攻楚國，楚王從都城郢城逃到城陽城。他對同行的大臣莊辛說：「我們到了這個地步，還有挽救的餘地嗎？」莊辛就講了一個故事給楚王聽。

從前，有一個農夫養了幾十隻羊，他很愛護這些羊，因為這是他全部的財產。農夫每天都上山放牧，晚上回來餵羊喝水，清點羊的數目。有一天下起了大雨，雨水把羊圈沖開了一個洞。農夫心想：這麼小的一個洞，沒什麼大不了的，等天氣放晴再堵上就好了。第二天，農夫去查看羊圈的時候，發現少了一隻羊，而且洞變得更大了，洞周圍還都是血跡。農夫知道前一晚肯定有狼從洞鑽進羊圈吃了一隻羊。他很後悔前一晚沒有修理羊圈，才造成損失，於是他立刻動手修理，用石頭把洞封死，並在外面蓋了一圈籬笆。之後，農夫的羊再也沒有丟失。

這個故事說明亡羊補牢，還不算晚，楚王也從故事中明白了莊辛的用意。

亡羊補牢的故事發生在城陽城，城陽城位於今中國河南省信陽市一帶。

❶ 走馬看花　❷ 泥牛入海

成語小字典

【解　釋】 亡：丟失；牢：關牲口的欄圈。丟失了羊，就趕快修補羊圈。比喻犯錯後及時更正，尚能補救。

【出　處】 《戰國策・楚策四》

【相似詞】 賊去關門、見兔顧犬、江心補漏

【相反詞】 防患未然、曲突徙薪、未雨綢繆

成語接龍

亡羊補牢→牢不可破→破門而入→入木三分→分文不取→取長補短→短兵相接→接二連三→三更半夜→夜長夢多→多此一舉→舉目無親

可以當寓言故事看的書——《戰國策》

　　《戰國策》是中國戰國至秦漢間縱橫家說辭和權變故事的彙編。當時，縱橫家們為了謀取富貴或者實現自己的治國理念，針對當時的各國形勢，為自己效力的主君分析內外形勢、制定策略。全書所記載的歷史，從西元前490年智伯滅范氏開始，至西元前221年秦始皇統一六國後，高漸離以筑擊秦始皇。《戰國策》善於敘事說理，描寫人物形象極為逼真且富有文采，無論個人陳述或雙方辯論，都具有很強的說服力。《戰國策》中大量使用了寓言和比喻的手法，內容淺顯易懂，形象鮮明，寓意深刻，從而增強了辯詞說服力。書中有許多寓言故事，例如狐假虎威、畫蛇添足、驚弓之鳥、鷸蚌相爭、亡羊補牢等。戰國時期的縱橫家們與《戰國策》中的寓言是相輔相成的，縱橫家們使用寓言故事來幫助自己完成預期的政治目標，同時也擴大了寓言的傳播範圍和影響力。

畫龍點睛

南北朝時期，梁朝有一位非常有名的畫家叫張僧繇。他畫的畫非常逼真，很多人請他作畫。有一年，金陵的安樂寺請他在寺裡的牆壁上作畫，張僧繇用了幾天的時間在牆壁上畫了四條龍，周圍的人都慕名前來觀看。這四條龍張牙舞爪，騰雲駕霧，眾人無不拍手叫好，但奇怪的是這四條龍都沒有畫眼睛。大家請張僧繇補上眼睛，他趕忙搖搖手說：「眼睛千萬不能畫上，一畫眼睛，龍就飛上天了。」大夥兒以為張僧繇在開玩笑，懇求他為龍點睛。張僧繇沒辦法，拿起筆在其中兩條龍畫上眼睛。突然之間，烏雲密布，電閃雷鳴，兩條龍騰空而起，飛到天上消失了，牆壁上只剩下沒有點睛的兩條龍。

從此，人們對張僧繇的高超畫技佩服得五體投地，再也不敢讓他替剩下的兩條龍畫眼睛了。

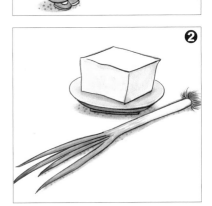

畫龍點睛的故事發生在金陵安樂寺，金陵位於今中國江蘇省南京市。

❶ 飯來張口　❷ 一清二白

【解　釋】　畫了龍後，為其點上眼睛，龍便乘雲飛去。比喻繪畫、作文時在最重要之處加上一筆，使全體更加生動傳神。後亦比喻做事能把握要點，讓整件事更加圓滿。

【出　處】　唐·張彥遠《歷代名畫記·卷七·梁》

【相似詞】　錦上添花、點睛之筆

【相反詞】　畫蛇添足

畫龍點睛→睛努眼突→突如其來→來去自由→由表及裡→裡應外合→合情合理→理直氣壯→壯志凌雲→雲天霧地→地大物博→博覽群書

85

如果膚色呈粉紅色，身上的絨毛細滑柔軟，就說明很健康。

這是在說我呢！我就很健康。

得意 →

1 2

3 4

聽眾朋友們，這次的「養豬知識講座」就到這裡……

最後一句才是畫龍點睛之筆！

成語小學堂

張僧繇

　　張僧繇是南北朝時期梁朝的畫家，以畫佛教和道教的圖案聞名，也擅長畫人物、肖像、花鳥、走獸、山水等。他在江南的不少寺院中繪製了大量壁畫，並曾奉命為當時各國諸王繪製肖像，能收到「對之如面」的效果，有關他的「畫龍點睛」傳說更是膾炙人口。他還善於吸收和消化外來藝術的表現手法，據記載，他曾在建康（今中國江蘇省南京市）一間寺廟中用天竺（古印度）傳入的凹凸畫法創作壁畫，所繪物象遠觀具有立體感、近視則平，因此該寺又被人稱為凹凸寺。

　　張僧繇的繪畫藝術對後世有著極大的影響，後人將他與顧愷之、陸探微並列為六朝三大家。

葉(ㄕㄜ)公好龍

　　春秋時期，很多有名的貴族都喜歡養門客，廣招天下有識之士。魯國的魯哀公就是其中之一，他經常對人說自己喜歡有才能的人，渴望人才。有個叫子張的讀書人聽說魯哀公如此愛賢，就不遠千里來投奔他，可是等了七天，魯哀公也沒有召見他。子張非常生氣，於是找到魯哀公的車夫，和他講了一個葉公好龍的故事，並且請車夫將故事轉述給魯哀公。

　　這個故事說的是楚國有個縣令叫葉子高，人稱葉公。葉公非常喜歡龍，他的屋子裡雕刻著龍、衣服和帽子上繡著龍、腰帶上鑲著龍、酒杯上刻著龍，天上的真龍聽說後感動到落淚，便來拜會葉公。真龍來的時候，雲霧繚繞，龍頭從窗戶裡伸進屋內，龍尾在客廳裡。葉公看見真龍時嚇得驚慌失措，轉身就跑，這說明葉公並不是真的喜歡龍，只是喜歡像龍一樣的東西。

　　子張講完故事後，請車夫轉告魯哀公：「我聽說大王喜歡讀書人才來投奔，怎知大王卻不禮賢下士。大王就像葉公一樣，只是喜歡那些看起來像讀書人的人而已。」

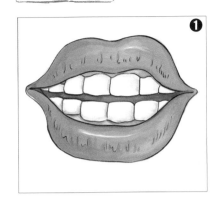

❶

❷

葉公好龍的故事發生在春秋時期的楚國，楚國是戰國七雄之一，位於今中國湖北、湖南、河南南部等地區。

成語小字典

【解　釋】　指古人葉公以喜歡龍聞名，但真龍下凡到他家，他卻被嚇得面無人色。比喻所好似是而非，以致表裡不一，有名無實。

【出　處】　西漢‧劉向《新序‧雜事》

【相似詞】　言行不一、表裡不一

【相反詞】　言行一致

成語接龍

葉公好龍→龍生九子→子虛烏有→有聲有色→色膽包天→天下無敵→敵眾我寡→寡不敵眾→眾望所歸→歸心似箭→箭無虛發→發揚光大

1 2

3 4

成語小學堂

歷史上真實的葉公

　　「葉公好龍」的故事廣泛流傳，而且葉公在歷史上是一個真實存在的人，那麼，真實的葉公是否像故事中所講的那樣，是個表裡不一、貽笑大方的人呢？事實上，葉公是真的被冤枉了。

　　葉公是春秋時的楚國貴族，封於葉，被稱為「葉公」。此人治國有方，政績顯赫，把楚國治理得很好，後來孔子還專程到楚國拜訪葉公，學習治國之道。兩人談論道德問題，葉公提出「大義滅親」的主張，這就是著名的「葉公論政」。那成語「葉公好龍」的傳說是怎麼回事？有一次，葉公為了治理水患，親自去體察民情，有人看到葉公的水利圖，就告訴葉公：「雲生從龍，你畫中之龍並未有雲，所以你並不喜歡龍。」葉公回答：「我用龍是為了引水，但是我害怕這龍會消耗人力、物力，讓老百姓苦不堪言。」因此，葉公不喜歡龍的說法便流傳開來。傳到漢代時，劉向在《新序·雜事》中寫下「葉公好龍」的故事，使葉公蒙受了幾千年的不白之冤。

守株待兔

戰國時期，宋國有一個農夫，他的田地裡有一截樹樁。有一天，農夫正懶洋洋的在田地裡除草，突然從草叢裡跑出一隻野兔，這隻兔子因為受到驚嚇，跑得太快，一頭撞在田地裡的樹樁上，折斷脖子死了。農夫非常開心，撿起兔子回家大吃了一頓。第二天，農夫不再打理田地，而是坐在樹樁旁等待其他兔子出現。然而等了一天又一天，田地裡的草都長得比人還要高了，還是沒等到第二隻來送死的兔子。後來，這位農夫可笑的事蹟傳遍了宋國。

看圖猜成語

守株待兔的故事發生在宋國，宋國是春秋戰國時期的一個諸侯國，都城睢陽位於今中國河南商丘一帶。

❶兔死狐悲　❷乾柴烈火

成語小字典

【解　釋】　沿用過去的方法，守在樹旁，等待撞樹而死的兔子，最後終一無所得。比喻拘泥守成。後亦比喻妄想不勞而獲或等著目標自己送上門來。

【出　處】　《韓非子‧五蠹》

【相似詞】　刻舟求劍、不勞而獲、坐享其成

【相反詞】　見機行事、隨機應變、通權達變

成語接龍

守株待兔→兔死狐悲→悲從中來→來者不拒→拒之門外→外強中乾→乾柴烈火→火上澆油→油頭粉面→面面俱到→到此為止→止戈為武

93

1 2

3 4

成語小學堂

春秋戰國時期的「袖珍」國家

　　提到戰國的諸侯國，我們都知道鼎鼎大名的「戰國七雄」，分別是秦、楚、燕、韓、趙、魏、齊。然而，在它們之前還有一些小諸侯國，有的甚至可以稱為「袖珍」國家，而且這些小國只能在大國的夾縫中苟ㄍㄡˇ延殘喘。武王伐紂建立西周之後，周武王分封天下，據傳周初所封諸侯國有七十一國，與周王同為姬姓的占四十國，有名的一些小國包括宋、衛、中山、邾ㄓㄨ、費、虢ㄍㄨㄛˊ等。然而，隨著大國不斷兼併小國，例如楚國曾在最輝煌的時候打敗了周邊六十多個小國，一些小國逐漸消失。雖然這些「袖珍」國家消失了，但是它們曾經有過的燦爛文化和發生過的著名歷史事件都流傳下來，例如假途滅虢、杞ㄑㄧˇ人憂天等。

國家圖書館出版品預行編目（CIP）資料

哇！成語原來很有趣 1 動物故事篇 / 鄭軍作；
鍾健、蘆江繪 . -- 初版 . -- 新北市：大眾國際書局
股份有限公司 大邑文化，西元 2023.08
96 面；19x23 公分 . --（知識王 ；6）

ISBN 978-626-7258-29-3（平裝）

802.1839   112008702

知識王 CEE006

哇！成語原來很有趣 1 動物故事篇

作　　　者	鄭軍
繪　　　者	鍾健、蘆江

總　編　輯	楊欣倫
副　主　編	徐淑惠
執 行 編 輯	李厚錡
封 面 設 計	張雅慧
排 版 公 司	芊喜資訊有限公司
行 銷 業 務	楊毓群、許予璇

出 版 發 行	大眾國際書局股份有限公司 大邑文化
地　　　址	22069 新北市板橋區三民路二段 37 號 16 樓之 1
電　　　話	02-2961-5808（代表號）
傳　　　真	02-2961-6488
信　　　箱	service@popularworld.com
大邑文化 FB 粉絲團	http://www.facebook.com/polispresstw

總 經 銷	聯合發行股份有限公司
	電話　02-2917-8022　　傳真　02-2915-7212

法 律 顧 問	葉繼升律師
初 版 一 刷	西元 2023 年 8 月
定　　　價	新臺幣 300 元
I　S　B　N	978-626-7258-29-3